光塔の下で

Under the Manāra

Yamamoto Hiromichi

山本博道

思潮社

光塔《マナーラ》の下で　山本博道

＊

装幀＝芦澤泰偉

光塔の下で　山本博道

ベナレス

午前四時半のウエイクアップ・コールの前にシャワーを浴びる
厚いカーテンの窓の外の木々と葉は
真っ黒な闇に呑まれていたが
一本だけある街灯の光の下に
細い霧が流れていた
数あるガートのひとつを降りて
木の小舟に乗る
ここがガンガー、ガンジス川
生と死を見つめる母なる大河?
そうガイドブックには書いてある

いくつものガートが右手に見える
左手はるか奥の岸向こうから
やがて朝日が、眩しい朝日が
川面を染めて、人びとの頬を染めて、染め上げて
沐浴する大勢の男たち、大勢の女たち、大勢の子どもたち
祈る声がガンジスの川面に響き渡って、撥ね返って、水が
ああ、腰巻の赤に赤々と
女たちの額のビンディーに太陽は照り返り
骨は浮き、肉は沈み、嬰児は流れ
とはどうやったっていかなくて
雨、雨、雨がぼくの頭にぼくの顔に
そしてぼくの肩に全身に
辺り一面薄暗いいまま
ガンジス川にも雨、雨雨、雨

やがて小舟は向きを変え
いくつものガートをこんどは左手にする
右手奥の岸向こうは相変わらずの雨に煙り
誰の日頃の行いか
それともインド人の行いか
どのガートも人は疎らだった
買った灯籠の蠟燭も雨でつかず
そのまま舟べりから川へ捨てる
マニカルニカー・ガートでは
遺体が三体燃えていた

濡れたままホテルへ帰り
チーズとトマトとオニオンで
オムレツを作ってもらう

あとはパン、鶏のから揚げ
コーヒーとフルーツの朝食
写真で見たベナレスの方が
ずっと厳かだったと思いながら
雨には勝てないのかとそれが不思議で
もう一杯コーヒー、プリーズ
雨はホテルの窓を濡らし
菩提樹を濡らしユーカリを濡らし
アグラへと向かう夜汽車の中まで
音もなく降り続いていた

夜行列車

窓に鉄格子の嵌まった夜の長い青い客車が
プラットホームに滑り込み
インド人を吐き出し
インド人を吸い込み
また遠い闇の中へ消えていく
吐き出されたインド人の何人もが
空のペットボトルを携えて
一目散に給水所の蛇口に向かい水を汲み
ふたたび鉄格子のすし詰めに帰っていく
(ぼくが飲んだ日には七転八倒の飲料水だ)
プラットホームにはボロを纏った人びとと

餌を強請る白い大きな物乞いの野良牛が
うろうろともしも地獄があればこうだろうかと
ひっきりなしに淡い光の長い客車が
鉄の車輪を軋ませて
向こう側からも出て行くのを見た
頭に旅行者の鞄を載せたポーターたちが
駅の階段を赤い服で行き来する
給水所そばの水浸しの雑誌売り

樫の木のように固い寝台の下の把手と
スーツケースの把手を盗難防止の鎖で繋ぐ
薄いシーツを敷く
使い回しのような毛布に包まる
貴重品のバッグは抱え込んで寝るしかない
その前に不味いランチボックスを開け

サンドイッチを飲み込み
真っ黒焦げの鶏のモモを齧る
こんなふうに扱われたことが
ぼくにはいちどとしてあったろうか

緑色のバナナと袋のポテトチップを
デリーまで行くという父子に渡し
お礼にもらったスイーツを恐る恐る口にする
利発そうな眼鏡の青年は
きっと彼の自慢の息子なのだろう
新聞紙の包みを広げて
重ねられた小さなチャパティを数枚ずつ手にすると
カレーをつけては黙々と食べていた
インド人の男たちの眼光は総じて鋭いが
話しかけたり撮った写真を見せると

十人中十人が微笑む
ぼくはそれを知っている

窓は開かず、おまけにガラスは曇っていて
横になっても外の風景は見えない
傷だらけの小さなブリキの洗面台で
ミネラルウォーターで歯を磨き顔を洗い髪を洗う
時計は午前三時十分を指していた
父と子はカーテンを引いて眠っている
ぼくは狭いベッドで着替え
スーツケースの鎖を外す
そして抱え込んでいたバッグの中身を確かめる
夜行列車はもうすぐアグラ駅に着く
絞れば雨になりそうな空だった

雑貨あれこれ

まずは小舟で近づいて来た男から
聖水を入れるという銅の壺を買う
水を汲んだら忽ち漏れそうだったし
いくら科学的に証明されているとはいえ
遺骸も汚物も流すガンガーは汚そうだった
その壺が買い物の始めだ
いや、その前に川面に流す灯籠を買ったっけ
小舟を下りてからはベナレスの写真集を買った
（全裸のサドゥーのイチモツは……小さかった）
それからシルクの店でつまにショールを買い

タージ・マハルの物売りからは
小瓶に入った十二色のヘンな臭いのする粉と
（それを付属の型につけて手に押すとそこに花や星が出来る）
二百個ほどで一シートのビンディーを
負けに負けさせて六百円で買った

前に行った時にはいた店員が
ガイドに転じて辞めていた大理石店では
行きがかり上、青い花の宝石箱を買わされた
（安物ばかりの買い物の中でこれは高価だった！）
トイレ休憩の土産物店では
男女の四十八手の交接が丸見えの方ではなく
タージ・マハルのトランプと蛇のビックリ箱を買った
ぼくの買い物はいつも大体こんなふうだ
買わないで盗んできたホテルの名入りオープナー

絵葉書は三種類で四百円に負けさせた
どこへ行ってもこれだけは買うが
これまでいちどもそれを使ったことがない
おなじ版下でずっと刷っているのだろう
極めて目の粗いサルナートと菩提樹だった

そうしていつも旅は終わりに向かう
空港へ行くバスに乗り込もうとしたその前で
白い顎鬚の白い服の男が
何色にも染め分けて巻かれた一本の針金を
（針金にはこれも何色ものチューブが挿入されている）
ペンチでくるくる一筆書きのように曲げて
自転車やリクシャーを作っていた
ハンドルには黒いチューブが被り
サドルの部分には緑色のチューブが

巧い具合にくるようになっている
アートだな、おやじ
とぼくは思わず声に出した
五ドルだという大きな自転車に
小さなおまけの自転車をつけさせた

ごった返している夜更けの空港で
スーツケースを開き
二台の自転車を放り込む
ガンガーの空っぽの壺が転がった

シギリア・ロック

歴史は概して眉唾物であり
真実はいつもどこかへ抜けてしまっている
いつの頃からかぼくは
何を見てもそう思うようになった
だいたい千五百年も前の話を
誰が正確にここまで伝えられるだろう
アヌラーダプラを経てダンブッラを出た頃には
雨は止み暑い冬の陽射しが
じりじりと照りつけていた
巨大なシギリア・ロックに未来を阻まれる

大昔の五世紀の話なのだから
どっちがどっちなんて善悪は
いまさら知りようもないが
父ダートゥセーナ王を殺害し
弟モッガラーナの復讐に脅えた兄カーシャパは
どんな方法でこの岩山を上ったのか
要塞のようなその頂に宮殿を建てたのだった
椅子やテーブルはどうやって運んだのだろう
ぼくは岩盤に沿って垂直に打ち込まれた螺旋階段を
何でこんな目に遭うのかとぐるぐる上った
一段ごとにぽたぽたと汗が滴り落ちてくる
左手の広い密林がずんずん小さくなる
手ぶらなのにもう足が上がらない
王とその一族と家臣たちは階段もなかった岩盤を

鉄の棒が点々と岩に打ち込まれてはいたが
スパイダーマンのように攀じ上ったのだろうか
犬を連れヤギを抱え石やレンガを背負って？
ウソだろう？
何百人が滑落しただろう

シギリア・ロックの中腹の窪んだ岩肌には
大きな乳房も露わに花や果実の籠を持った
美しい何人もの女たちが描かれていた
千五百年間も変わらない色鮮やかな壁画？
眼下には象の背のエレファント・ロックが見えた
巨大な頭を突き出したコブラの岩が見えた
沙羅双樹の樹には沙羅双樹の実がなり
その下には沙羅双樹の無数の花が散っていた
本当にシギリア・ロックに宮殿はあったのだろうか

そこで何千人もが本当に暮らしていたのだろうか
洞窟ではなく吹きっ曝しの岩の上で？
地下から水を汲み上げて？
もしかしたらここはテーマパークなんじゃないか
ぼくたちのいるこの二十一世紀丸ごと

ニハルのこと

今宵の宿は
ポロンナルワのロイヤル・ロータス・ホテル
連泊なので明日の朝の荷物出しはない
夕食後ぼくは知り合ったばかりの
他のグループのスルーガイドとホテルのバーへ行った
どうせ奢ってもらう魂胆なのだろう
そんなことは声をかけてきた時から感じていた
彼の名はアーナンダ、四十四歳
一癖も二癖もありそうなスリランカ人だが
人はそう悪くなさそうだ

ヤシの実から作った酒のアラックを飲む
初めて？
うん、初めて
どう？
安いウイスキーの水割りみたいだ
女は？
要らないよ

スリランカの一ルピーは一円だから
換算に手間取らない
五十ルピーは五十円
それが枕銭だった
ウエイターが追加のヤシ酒を持ってくる
油で煎ったピスタチオとカシューナッツが香ばしい
ぼくは日本でインド人のガウタムからもらった

黒地に花火のTシャツを着ていた
このシャツで写真を撮ると約束したのだ
アーナンダと一本、現地の煙草と交換する
名前だけはじつに立派な男だ
（此奴がぼくのガイドならきっと置屋だったろう）
ホテルから煙草を買いに出ただけで
何人もの男たちが大麻はどうかと勧めてくる
物乞いも茶色い犬も寄ってくる
アーナンダとはそれっきりだった
次の日はキャンディのホテルでカクテルを飲み
ヒッカドゥワではプールサイドでワインを空けた
（旅に出ると飲んでばかりだ）

ぼくのガイドのニハルも四十四歳で
（どこから見ても五十半ばは過ぎている）

アーナンダに気を悪くしなかったかと聞き
彼のことは昔からよく知っているが
スリランカ人にもいろいろいると
仮面博物館のあるアンバランゴダで
ぼくにビールを奢ってくれた
ニホン人にだっていろいろいるさ
ぼくたちはムスリムの住む要塞の街へ向かった

トラとライオン

歴史的にはもっともっと前の話なのだが
ザッと二百年前まで遡る
イギリスが少数派のタミル人を重用し
シンハラ人を支配させたことが発端だ
その関係は五十年ほど前に大逆転した
以来タミルのトラと国軍のライオンの間で
ドンパチドンパチ、ドンパチドン
とりわけここ二十六年間で
七万人を超える市民が死んだ
兵士たちも混ぜたら十万人は下るまい

これがポルトガルになったりオランダになったり
セイロンになったりしたスリランカの歴史だ
どこが光輝く島なもんか
たしかに光は町中に溢れていたが

聖地アヌラーダプラへ向かうシンハラ人のバスで
タミル人の小型爆弾が炸裂して
百人近い死傷者が出たのは去年の話だ
コロンボでも大規模なテロがあり
毎日どこかでドンパチドンパチ、ドンパチドン
ついこないだまでそんなこんなの島だった
眩しい緑色の紅茶畑の山々が広がる
点々とタミル人の静かな村があり
籠を背負った女たちが
その紅茶畑で紅茶の葉っぱを摘んでいる

ここでもきっと血は流れただろう
その山道をぼくを乗せてバスは行く
野生のゾウや大トカゲやヘビがいて
山間には幾筋も滝が流れ落ち
ああ、自然よ、父よ
今年だけでも十五万人が死傷した

さらに港町ゴールでは津波の爪跡が
いまだ家屋や樹木を薙ぎ倒したままだった
今日もまた赤い夕陽がインド洋に沈んでいく
黒いヤシの樹、ヤシの葉、人の影
この国の民族紛争は本当に終わったのだろうか
悲しみとか憎しみとか仕返しが
薔薇のトゲで刺さっているのが
ぼくたち人間なのではなかったか

空を流れる世界地図のような雲に
そんなことを思っていた

冬のデパート

いまにも雪になりそうな週末の午後
目を閉じたジャヤヴァルマン七世の
首から上しかない死顔のような顔を見た
王妃プラジュニャーパーラミターは
肩の付け根から両腕がなかった
あとは鷲や獅子の顔に人間の身体を持つ神々
四本の手を持つ長い鼻の象のガネーシャ
シェムリアップではこんなに丁寧に見なかった
（灼熱の密林でぼくは水ばかり飲んでいた）
そこには手足のない人間が大勢いたが

ここでは手や足のない石像や木像が
人の頭や帽子や背中や肩越しに
解説付きで並べられていた
時代や国を超えて立派な男根は必需品だった
（スリランカではその上からミルクを注ぐと子宝に恵まれる）
人だかりのない円筒形の石の前で
これが人類を運んで来たのかと
ぼくは思わず会場の老若男女を見回した
それにしても千年も前のカンボジアの遺跡が
冬の日本橋のデパートに展示されているのは
何だかとても普通ではない気がした
肌を灼く陽射しもずぶ濡れの雨も
地雷を知らせる髑髏の看板もなく
ただ台座の上に磨かれて置かれた石の塊
出口では

ポストカードに携帯ストラップ
小さな置き物や染め織り物が静かに売られていた
ぼくは一冊の赤い表紙の図録を買った
おまけは開運祈願と書かれた干支の絵の
薬用入浴剤だった
金をせびる裸足の子どもらも
ガネーシャ売りの大人もいなかった

*

侵略者あるいは異邦人または母

ぼくがじぶんの部屋を使えなくなって一年が経過したのは、そうして少しおかしな老婆が来たからだが彼女は下着の後ろ前裏返しは朝飯前で服もズボンもそうなのだ家事もしないのにエプロンだけは腰に巻きそれも当然裏返しだから洟をかんだティッシュペーパーをそのエプロンのポケットに仕舞おうとしてイライラしているのを見るとこっちもイライラあとはただ抽斗の衣類を出したり入れたり丸めたり賽の河原の石遊びそれでも週に四日はデイサービスで毎月いちどはお泊まりに行くその時ばかりは羽伸ばしあやれやれとしたいけどメールチェックにウイルスチェック貰った詩集の封を切りそれを開いて礼状を書く合間に赤青金のインクボールとフリーセルふだんの部屋は夜の八時に明け渡すそこが老婆の閨なのだ三つ折りの蒲団を延べて服を脱ぎパジャマ着るのに三十分お母さんその掛け蒲団裏返し本棚の本には一枚二枚四枚五枚これまた裏返しの洋服が青い針金ハンガーであっちこっちと吊るされて地図も図録も出やしない

まったくどこかの見知らぬ幼女が空から降って来たようだまいつきまいつき紅葉だ桜だ菖蒲だと八十過ぎて色塗ってさらに習字に折り紙と疲れているからもういいよメシも作れず食器も出さず一寸待ってね一服させて止めたタバコをまた銜え洗濯物を取り込んで畳ませるのだが畳めないメシにしようかお母さんパンツ穿くにも穴三つ足はどの穴入れるやら今日は何月何日何曜日いまは何時だ突っ立って壁の時計を見上げてる桜猫電車野菜を十種類言いなさいリンゴは野菜かお母さん生きて地獄を抜けるには唯一老婆の死だけれどこれがよく食うよく眠る日記帳には白い頁がずんずん積もり漢字は大方書けなくなったこれは十円どれが百円五百円叱るとすぐに不貞腐れ口

も利かずに膨れっ面そのくせ介護認定で何でも出来ます一人でも判定「3」から「2」になって猫……猫猫……ネコ？

世間には親孝行な息子たちオムツも換える尻も拭くメシも食わせる風呂にも入れるどんなことにもそうだねとどうすりゃそうしてやれるのかお母さんどこに置いたのしっかりしてよ髪の毛臭いよ洗いなさいこんなになっても人は生きそうしてまたもや春は過ぎ母にもぼくにもうんざりげんなり忍音もらす夏は来ぬ

朝の紅茶と夜の箸

洗剤は入ってないの入ってないよいつだってそれはお母さんの仕事でしょ洗剤入れて洗濯機のスイッチ入れるのは毎朝おなじだよ忘れちゃったか爽やかな空だろうと雨だろうと曇りだろうといつもおなじ朝がくる今日はお母さん行く日でしょそうだよお母さんの休みは水曜日だけだよまあ土日も休みだけどね洗濯始めたらいつものようにコーヒーと紅茶の用意してねカップはテーブルに出ているからね今日も手順がわからずうろうろと一日は明け赤信号の軽自動車のエンジン音が低く外から聞こえてくる

お母さん紅茶ポットに入れた粉これコーヒーじゃないのコーヒーの

粉はこの紙に入れたら缶の蓋しないと間違うよ紅茶は粉じゃなくて葉っぱでしょ区別つかないかバス停に新宿行のバスが停まって運転手の発車を告げるマイクからの声がしているほらこぼしたよトマトもっと皿をそっちへ持って行きなさいそこからは見えないがベランダの右手のずっと向こうにはサンシャイン60が聳えている

そのあとぼくは勤めに行き迎えのマイクロバスで母は施設へ行き体操をして昼飯を食べゲームをやって夕方にはまたそのマイクロバスで帰ってくるじぶんで家の鍵を開けその辺に衣服を脱いで出涸らしの朝の紅茶ポットに魔法びんの湯を注いでテーブルの上の菓子を食べつぎの仕事は午後五時三十分に炊飯器のスイッチを入れることこれは責任重大炊飯器のコードはどこだどこに差し込む差し込んでも炊飯器の丸いボタンを押して炊飯の表示に変わらないとちゃんと炊けないボタンが赤くなればいいと思ったってお母さんそのボタンはもともと赤いでしょそれを押して黄色にならないとご飯は炊けない

よそうしてなんどか失敗した基本的に母は時計が読めないからぼくが帰宅するとすっかり炊けていて保温状態のこともある短い針が何時で長い針が何分って言うんでしょ短い針はいま六と七の間？

いいから箸出してお母さんそれ色も長さも違うよいつもどれで食べているか落ち着いて探してごらん急に言われるとどうしていいかわからないって箸出してって俺それじゃいつ言うの朝言うの夜の箸出してって朝？　覚えていられるのお母さんいいよもうご飯にするよそうして何とか夕食を終え母は腕にアームバンドを嵌めてゴム手袋で食器洗いを始めるのだがそのアームバンドとゴム手袋がどこにあるのか今日も見つからない

黄色い犬

そんなことお母さん聞いてないよったって言ったでしょったって聞いてもわかんないって開き直ってどうするの紙に書けばわかるって書いた紙がどこへ行ったかわからないんじゃしょうがないんじゃないの書いたってお母さんはぼくに言われたことをやればいいんだよどうせ聞いても忘れちゃうんだからだめだよ認知症だからしょうがないなんて免罪符裏返しの後ろ前だよその股引寒がりで暑がりの母は着たり脱いだりまた着たりそんなにわかんないんならお母さん着方をちゃんと聞きなさい出来る出来るって何も出来ないじゃないべつに出来なくたっていいんだけどね食べて寝てトイレに行ってそれさえ出来れば暮らせるかまいにちまいにち食事の用意シーツやパジ

ャマの洗濯トイレットペーパーの交換買い物掃除ゴミの日はいつ年金の引き出し施設の書類支払い買い物はひとりで出来るってお母さん豆腐納豆即席味噌汁花林糖豆腐納豆豆腐納豆葡萄パン米を研がないと飯は炊けないいんだよ百回目だけど米はどこ？

一事が万事万事が億事でぼくは母がちゃんと何かをしている姿をもう何十年もいや生まれてこの方一度も見ていない気がする壊したら困る落としたら困る怪我したら困る失敗したら困る困ると自転車も乗れないそのくせ茶碗洗いで茶碗を欠いて買ってきたのは五匹の黄色いキリンがぐるぐる描かれた小児用の小さな茶碗病院へ連れて行けば暑い暑いとズボンを捲り着ているポリエステルの服の裾をパタパタ風がくるので涼しいよこのクソ暑い夏なのに寒いと困ると厚着して夜中も寝汗でパジャマぐっしょり折角シールを貼ったのにパンツの抽斗にシャツとハンカチ帽子の抽斗に鉛筆現金蓋のないボールペンさらには飴と菓子袋それでも何でもじぶんで出来るちゃんと出

来るよ時間があれば返す言葉を失ってここは御国を何百里離れて遠き東京のいつまでつづく泥濘ぞ

お母さんの薬はどれっていま飲んだでしょいまのいま！　骨密度が八十八パーセントなら十分なのにまだ生きるのか牛乳を取ると言い出したお母さん乳製品はコレステロールが高くなるよ新聞を開いて何を読んでいるのかいないのかまた折り畳みぶつぶつぶつと脈絡もなく独り言静かになったと思ったらもうそこには母はなく書斎でがさごそポリ袋着る物詰めて半月先の短期入所の支度をしてる早くしないと慌てるからと備えに備えてどこに置いたかその袋行く日の朝に大慌てこのお茶碗が一番よかった可愛いでしょと洗い終えしみじみ眺めてぼくを見てこれは何かね犬だろか？

秋

伸びた発条か切れかけた電池のように動いては止まり止まったと思うと動き出す母にどうしたのかと訊ねると声にせず首を捻る回数がだんだん増えて記憶を収納する頭の中の皿も擦り減り覚えられない思い出せないぼくの話は聞いてない今夜はご飯炊くの冷蔵庫に山ほど残ってるからチャーハンだって言ったでしょあとは豆腐もあるし味噌汁は永谷園のゆうげ火使えなくたってお母さん生野菜サラダは出来るでしょトマト切ってキュウリ刻んでレタスもあるしチャーハンの準備だって出来るでしょタマネギとハム刻んでおいてあとは俺が帰って来てやるからそれだけしといてご飯のスイッチは五時半に入れるんでしょあのねお母さんだからねご飯は冷蔵庫にあるって野

菜は言った通りに刻んでおけるだろうか

じぶんで出来る出来ると洗髪するが洗っても母の髪の毛は臭いちゃんとシャンプー出来ているのか洗面ボウルの底のヘアキャッチャーに白髪が溜まらない洗顔も石鹸を使わず猫のように手に水つけて顔にピチャピチャ部屋も散らかっているからダニでもいるのか左頬と右顎を赤く腫らしてそうでなくても俯き加減で生彩のない母だから酒でも飲んだように見えるお母さん酔っ払いみたいだないい気分かまったくこれがじぶんの母親だから驚きだお母さんもう部屋とか抽斗にお菓子置いちゃダメだよ虫湧くからね本とか柱も全部食われていまに家がボロボロになるよお母さんのお菓子は誰も盗って食べないんだからこっちへ置きなさい母の赤ら顔は数日間続いた項垂れていない時でも母は聞いたことをすぐに忘れてしまうことが多くなった今日は一日ひどい雨だったねってお母さんベランダに来てごらん見えないかお母さんにはあの白い雲と青い空

柿の皮が剝けないトイレ紙をホルダーに嵌められない洗浄便座のボタンをあれもこれも押すのでぼくは夜中に目が覚めるこの壊れかけた生き物に振り回されてどうすることも出来ないまままた秋が来て生きるとは何であろうとなかろうともうそんなことはどうでもいいからおやじとっととこの婆を連れて行けと壁の写真に語りかけることはないが毎日が思うようにいかなくてショートステイに母が行く日をぼくはただじっと待っている

日々の生活

母の頭の中は食べることと施設へ行く準備のことだお母さんは今晩何食べるの朝食が済んで間もなくパンでもいいよ施設ったって家の前までバスが来るハンカチチリ紙なぜか洗濯バサミとポリ袋のショルダーバッグと歯磨きセットだけなのにいつもバタバタぼくはもうへとへとでキッチンの食器棚はスライドする電動式だから小柄な母ではスイッチに手が届かずけっきょく箸しか出すことが出来ない言ってくれれば何だってするったって力にならないのだ茶碗洗いに小一時間まずその前に歯を磨くトイレに行く晴天の日に蒲団を干してもそろそろ取り込まなきゃと思うわけでもなくぼくが取り込んだ後の蒲団にやっと気付いて手伝うよリハビリのつもりで洗濯物を畳ま

せれば綺麗なタオルはじぶんの部屋へ蟻のようにせっせと運ぶ留守を見て取り返しに行くのだが蟻の巣穴にいるらしいカメムシの悪臭がすっかり染みてまともなタオルがもうわが家には一枚もない

電車では必ず誰かの助け舟すみません助かります恐れ入りますヨタヨタとぼくから見ればちゃっかりと生きてきたのだこの蟻やカメムシに身を変える母は何もしないから何も出来ないの繰り返しで食べて寝るだけ別に認知症じゃなくたってきっとこうだったろう何か言いつけても始めるまでにたっぷり時間がかかるからそれを待っていては日が暮れるお母さんにも手伝わせてよ何だってやるからやらせてよって強い口調で言う前に何が出来るか申告しなさいガスさえ使えればトントントンと炊事が出来ると思っている挙句の果てに居直って何で連れて来たと言うお母さん考えて物言いなよあんな状態で死なれたり火事でも出されたら困るから引き取ってくれって言ってくるだろ隣近所が違うか？

もう認知症のテストも時計の針も季節はいつで雨か晴れかもぼくも
どうでもよくなった母は丼の中の肉じゃがをじっと見つめてこれは
何かの煮付けなの？　青梗菜は聞いたことあるけど食べたことない
から半平もお母さんにはよくわからないと言いつつ食べるよく食べ
る魚のすり身だよ母は白内障の手術をしてからは眼にばい菌が入る
と困ると顔も洗わず埘にしているぼくの部屋に今夜もきっかり夜八
時傾いだ身体で蟻になりカメムシになってキョロキョロと廊下伝い
に引き揚げて行く

*

饒河街観光夜市にて

どこからこんなに湧いてくるのか
ぎっしりとびっしりと人の波が
立ち並ぶ屋台で自然に出来た二本の道を
立ち止まりまた立ち止まって行き来している
何という臭豆腐の湯気と臭気であるか
衣料品に生活雑貨、ネイルアートに金魚掬い
プリクラ、ゲーセン、炸弾焼
百元で二回、風船割りの射的をやる
スマートボールに足つぼ全身マッサージ
ヘアブラシが板の上に何十本も整然と並んでいる

特大のライターが金のピアスに翡翠の玉が
さらに花火に爆竹が裸電球の下で揺れている
ここは台北松山饒河街観光夜市
口に合いそうな食べ物は何一つないが
見るだけで見ているだけで弾んでくる
ニーハオ、シェシェ、ニーハオ、ザイジェン
つまは透き通るガラス細工のトラ二つ
ぼくは試食のイカの燻製一摘み

道はどこまでも続いていた
空から吊るされている皮ジャン、Tシャツ、帽子にバッグ
大胆なデザインの赤黒ピンクの下着類
屋台の椅子では老いも若きも口をもぐもぐ
どう見ても食べ物とは思えない動物の内臓が
調理され味付けされて飛ぶように売れている

その臭いにも戸惑いながら
それでもぼくはわくわく押されわくわくしながら押していく
このギンギラギンの灯りの先に
もしも冥土があるのなら
生きているのは楽しいことだ
読めない漢字の看板、広告、宣伝文字が
店からはみ出て溢れている
道はどこまでもどこまでも続いていた

その道が終わらなければいいと
ぼくは後ろから来るつまと歩いた
ニーハオ、シェシェ、ニーハオ、ザイジェン
写真を撮ってやると屋台のオヤジがぼくに言う
一瞬、カメラ泥棒かと思ったが
この街には気のいい人が大勢いた

薬膳鍋に猪の肉さらに占いカキ氷
そうしてあっちもこっちも眺め
人と湯気と容器の中の鶏の頭に圧倒されて
ギンギラギンの通りの果ての
これまたギンギラギンの慈祐宮まで歩いていく
夜はまだ、夜はまだまだ
うぶ毛取りも胡椒餅の屋台の列も終わらない

恋恋風塵
DUST IN THE WIND

生きるとは何か
だなんてもうこの歳で思い煩うことも少なくなったが
つまりぼくはどっぷりと諦観の中にいるが
ときどきはそれでも
生きるとは何なのだろう?

冬だというのに
汗ばむ陽射しが石段に注いでいた

真っ暗闇のトンネルを抜けて
静かな山間の駅に一両だけの電車が着く
レールを跨いで俯き加減の少年と少女が
学校帰りの雑貨店に寄る
少年は肩の鞄を少女に持たせ
米の入った白い袋をその空いた肩に担いだ
ギターの音色がとても哀しい運命を
ふたりの、風の中の塵のような恋を
否が応でも予感させた

十五の春に街に出て
少年は印刷工になり
少女はお針子になった
まいにち会ったが手も握らなかった
やがて少年には召集令状がきて

その後少女は郵便配達夫と結婚する
ほとんど科白のない映画だった

彼らの故郷は山ばかりだった
夜には空き地の竿に白い布を張って
村人たちがそこに写る映画を観ていた
爆竹が音を立てて闇に爆ぜた
長い線香に火をつけて
少年の母親は模造の紙幣の束を燃やした
夏なんだろうか
それとも春節の頃なのか
兵役を終えて少年が帰郷すると
母親は尻を向けて昼寝をしていた
祖父は家の裏手に広がる芋畑にいて
少年の渡した煙草を美味そうに吸った

少女と離れ離れになった少年が
兵舎の机で書いた手紙の多くは
郵便配達夫が握り潰したのではないだろうか
そんな場面は出てこなかったが
ぼくは強くそう思った
だから少女は気が変わったのだ

真っ暗闇のトンネルの向こうには大きな街があり
そのトンネルをふたたび戻って来ると
少年と少女が過ごした何もない村があった
冬だというのに
汗ばむ陽射しが石段に注いでいた
見上げたレンガ造りの廃屋の壁には
学校帰りの少年と少女が

いまも米と鞄を担いでいる看板がある

＊参考　侯孝賢《ホウシャオシェン》監督・台湾映画『恋恋風塵』（一九八七年）

悲情城市

A CITY OF SADNESS

圓山駅から当てもなく淡水線に乗って
当てもなく降りた街でぶらぶらしていると
地図があって近くに公園があるという
入口には二二八和平公園の看板が出ていた
園内のリスに老人が餌をやっていた
数十人の園児たちが果実を刺した木の枝を
その老人から渡されてはしゃいでいた
早咲きの桜が一本咲いていた

青空の下のベンチに腰掛け
ぼくはバッグから本を取り出し
その時はじめて闇タバコのことも
そこが台湾大虐殺の舞台だったことも知った
何て暢気なんだろう
日本人が犬と呼ばれていたのも知らなかった

どこの国のどんな人びとの歴史も
例外なく辛く悲しく重く空しい
阿妹茶樓で台湾田舎料理の昼飯の後
（といってもぼくには殆ど食べられなかったが）
九份珈琲茶館の二階の露台で
石段を行き交う観光客や霞む基隆港や
赤い提灯や窓辺の観葉植物の鉢や
潰れてしまった土産店の看板を眺めて

蔣介石とはここでは何なのだろうとか
そんな思いをごっちゃにしながら
ぼくは切らして基隆のセブンイレブンで買った
偽物っぽいマイルドセブンに火をつけた
台湾の戒厳令は四十年間も続いたのだった

船問屋を継いだ長男の文雄はヤクザに撃たれ
次男の軍医の文森は南方から帰らず
日本軍に傭われていた三男の文良も廃人になり
写真屋を営む聾啞の四男文清の幸せも一瞬
妻の寛美と幼い息子の阿謙を残して
外省人に引っ立てられて行くのだった
ふつうに生きていてもぼくたちは
コインの裏表なのだろう
老いた父親の林阿祿は

何事もなかったように茶を飲み飯を食い
ぼくはただ遠い海の波を見ていた

＊参考　侯孝賢監督・台湾映画『悲情城市』（一九八九年）

ハローと螢とハイネケン

ハロー、ハロー、ハロー
子どもたちが大人の男たちが
ハロー、ハロー、ハロー
どこから来たの？
どこへ行くの？
ハロー、ハロー、ハロー
ポッダ川は温いミルクティーの色
小舟でごった返した川の道
リキシャと屋台と動物の糞で盛り上がった陸の道
女たちはひっそりと首のロープを持って

山羊たちに道端の草を食べさせている

ハロー、ハロー、ハロー
蚊も親しげにぼくの手足に
ハロー、ハロー、ハロー
痒くて痒み止めの軟膏を塗る
昼となく夜となく
ハロー、ハロー、ハロー
ぼこぼこにへこんだバスやトラック
塗料も剝げてあれもぼこぼこれもぼこぼこ
バスの助手は剝げたボディをバンバン叩く
さぁ乗れさぁ乗れ、客も叩いてさぁ乗せろ
おまけにフロントガラスはクモの巣状態
ぎゅうぎゅう詰めの車内から
ハロー、ハロー、ハロー

反応するのは男たち
女はひとりもこっちを見ない
ハロー、ハロー、ハロー

真夜中にぼくの乗ったバスが壊れて
降りてぼおっと線路や畑を眺めていると
草むらにぴかっぴかっと螢の光
（あぁ、何て幸運なアクシデント！）

ハロー、ハロー、ハロー
こんな真っ暗闇の夜の道を
どこからどう嗅ぎつけて集まって来るのか
子どもたちが大人の男たちが
ハロー、ハロー、ハロー
器用に螢を摑まえてぼくにくれる

辺りは霧まみれだが遠い空には黄色い月が出ている
ハロー、ハロー、ハロー
なんでこんな時間に子どもが起きているのだろう?
まぁいいけれど、ハロー

それにしても
缶ビール一本が三百五十タカとは!
リキシャはぼっても三十タカだし
スナック菓子は十タカなのに
さらにホテルの冷蔵庫ときたら六百五十タカもする
(おちおちビールも飲めないダッカの夜)
ハロー、ハロー、ハロー
何て高価なハイネケンだろう
テーブルの上で燦然と輝く緑色のアルミ缶を
ぼくは希少種の昆虫のように写真に収めた

ベンガル物語

しょぼい雨が降っていた
しょぼい雨はいつも朝には上がった
そんな感じで昼間は傘がいらなかった
世界遺産といっても
目を見張るものはなかった
古めかしい日干し煉瓦の建物のそばに
ベンガル語で危険につき中に入らないようにと
木の立札が立っていた
（現地ガイドに訳してもらった）
深い緑の丈高い木々と花が鬱蒼と

鳳凰木やハナモツヤクノキやタマリンドやヤシとか波羅蜜が
どこへ行っても繁っていた
そしてそこには必ず大きな沼や大きな池
雨期の名残の小さな水たまりがあって
眩しい光が跳ね、蚊やアメンボがいて
男たちが網や竿で小魚を採っている姿に出くわした

インドでは立ち小便が主流だったが
ここの男たちは道端の叢にしゃがんで小便をする
だから公衆トイレでも「大」の便器を使う
脊柱管狭窄症のぼくも坐る方が楽だから
それだけでも彼らに親しみを感じた
大きな沼や大きな池には刈り取られた黄麻が
たっぷりと浸されていた
ガードレールに結んで干されているのもある

それはやがて紐になり袋になって生活の糧になる
あとは廃船の解体とエビの養殖

ホテルの朝の食堂で
ぼくはインディカ米とカレーに手が出なかった
昼も夜も出なかった
フルーツの時期は終わってしまったのか
あるのは小ぶりのバナナと鼻をつくパパイヤ
リンゴは輸入されたものだし
ぼくはインスタント・コーヒーとパンばかり口にした
正確にはなんどか
しょぼい雨は昼間も降った

物売りも物乞いも
現地の人びとが相手だった

（それほど旅行者なんていなかった）
肌の色や顔かたちが違うので
珍しい動物でも見るように
行く先々でベンガル人が群がってきた
そしてどこへ行っても必ず
その場を仕切る男がいて
あまり近づくと邪魔になるぞ
とでも言うように
じぶんの手でぐるりと「弧」を描くのだ
男たちはぼくの吐くタバコの煙を眺め
ぼくの額や首筋の汗を指さす
そしてぼくの立てた親指に
じぶんの親指を立てて応える
（オーケーだぜ、ベイビーって感じ？）
べつに何かをせびるわけでもない

よう！　ハンサムボーイと言ってやる
そのたびに人の輪がざわめく

とにかく辺り一面深い緑と花だった
ブリゴンガ川やジャムナ川や名もない川の岸辺で
布袋葵の花と葉っぱが光っていた
ジョソールを後にした空から見ると
街は遥か遠くまで水に浸かり
赤っぽいレンガ工場の煙突が
点々と軍艦の潜望鏡で突き出ていた

夏の終わりのゆるい時間

それでも世界遺産はある
シュンドルボンのマングローブを小舟で行く
小さな赤い蟹、ムツゴロウのような泥の魚
そして六百年前のモスク都市バゲルハット
赤い小山のパハルプールの遺跡群にも上った
固唾を呑むようなものはなかった
井戸水には天然のヒ素が混じっている

そんなことよりもイスラム教徒の多いこの国で
ホテルの部屋の天井にメッカへの「↑」はあったが

街中から祈りの声は聞こえなかった
ダッカのスターモスクでは
堆く積まれた埃っぽいコーランの下で
男たちが昼寝をしていた
（まさかあれが瞑想ではないだろう？）
十人中八人は白い帽子に顎鬚だと思っていたが
ほとんどは柄物のシャツに腰巻かズボンだった
驚くほどゆるいバングラデシュのムスリムたち
サロワカミューズの女たちもべつにブルカじゃなかった

昼も日暮れも二つの夜も早朝も
あの哀愁たっぷりの歌声と
陶酔して倒れ込む男たちには会えなかった
雨の乾かない泥の道はゆるく
沼から溢れ出ている水もゆるかった

ぼくはバナナの実を食べその皮は山羊が食べた
マングローブの遊歩道では
カメラとパスポートと財布入りのレジ袋を
食べ物だと思ったのか猿が寄ってきた

赤茶けた十四世紀の街ショナルガオは
淡い光の静かな時間に包まれていた
懸命にペダルを漕ぐリキシャの少年の
シャツの背中がびっしょりと濡れて
汗臭い風が後ろのぼくに吹いてくる
その臭いとおなじよれよれの十タカ札を
いらないと返されるのではないかと思いながら
無事にババ抜きのババでチップにした

ダッカの見どころ

To the girl in Dhaka

ダッカに着いたのは午前零時を回っていた
（日本では草木も眠る丑三つ時！）
空港でピックアップされて
暗い夜道をボロ車でひた走る
街灯や人家の灯りがほとんどなくて
どんな街なのかわからなかった
ホテルの部屋の鍵を渡されたのは
さらにそれから一時間後だった

冷蔵庫もセーフティボックスもなかった
疲れているのに一睡も出来なかった
小雨の中でヤモリが鳴いた

この国は世界の最貧国のはずなのに
物乞いの老婆は二人しかいなかったし
しつこい物売りは一人もいなかった
眩しい緑、眩しい水、眩しい空
青い花、青い衣服の女、青い星のモスジット
ひょっとして誰かの作り話なんじゃないか？
ここに来るまでぼくが
児童労働と洪水とホッタールだけだと思っていたのは

たしかに子どもたちはミシンを踏んでいたし
工場近くの街では夜の外出を禁止させられた

川っぺりには娼婦たちのあばら家が並んでいた
だから何だって言うんだ？
ショドル・ガットの船員は
洗面器の飯を手で食っていたが
ぼくを見るとじぶんの写真を撮ってくれと
陽気に笑って手を上げた

そしてガンジス川へ続く泥色の川を見た
山積みのヤシの実で沈みそうな小舟を見た
簀の子のような板リキシャに乗り
魚と野菜のマーケットを見た
ウェブサイトで知り合ったダッカの少女と
会おうと思えば会えた気がした

半額だというバスや汽車の屋根の上には

鈴生りの男たちが乗っていた
屋根の男は大きな荷物を頭に載せて
バスの後ろの梯子から降りて行った
車検もフェンダー・ミラーもなかった
前のめりで道から半分落ちている路線バスと
降りて見ている乗客たちを見た
線路の中まで香辛料とサンダルの店が溢れていた
セポイの乱の舞台となった未完の城跡の
ラールバーグ・フォートへも行ってみた
やっぱり誰かの作り話なんだろう
この国の人びとはムスリムのはずなのに
城壁や柱の陰に何組もの若い恋人たちがいた
風が通り過ぎた光塔《マナーラ》の下にも

水上マーケット

ここを訪れたのはいつだったろう
いちどだったか、にどだったか……
ダムヌン・サドゥアク水上マーケットの水路の
小舟と小舟がぶつかり合う木の音と
物売りの女たちの声が耳の奥に残っていた
野菜、果物、干物、魚、花、旅行者目当ての土産品
運河は行き交う小舟でごった返し
まだ朝日も昇りきっていないのに
サワッディーカァ、コォーングテェー、トゥーク、マイタイ
オハヨゴザイマース、ホンモノ、安イ、タイシルク

まるで火事場の水路だった……はずなのに
当時とはずいぶん様相が違っていた
小舟には競艇のボートのようなエンジンがついていて
ぶぉんぶぉんぶぁぼぉーんと直線は一気に飛ばした

だが船着場の桟橋は変わっていなかった
(前にここから舟を下りた記憶がある)
運河の小舟には果実や雑貨より帽子売りが多く
団体観光客の全員の頭に
おなじような帽子が載っていておかしかった
(ツアー料金に含まれているのだろうか?)
運河から上がった桟橋の手すりで
ぼくは行き交う舟をかなり長い時間見ていた
それから何軒も連なる土産品の店の方へ行く
三百バーツを百バーツにするというので

二つもあるのにブリキのトゥクトゥクをまた買った
カリプソ・キャバレーのステージでも使えそうな
緑色の光線が丸や四角に変わるペンライトの箱には
二匹のゴキブリが入っていた
（本物そっくりのプラスティック製だ）
八十バーツでカット・マンゴーを食べ
ぼくの部屋のとおなじ昆虫標本を眺め
（ぼくは蝶や虫の標本を百匹ほど持っている）
肌や言葉や服装の違う男や女たちに
話しかけたり彼らの写真を撮ったりした
また新しい小舟がやって来て
麦藁帽子を被った観光客が下りて来る

運河に沿った高床式の家々には
小さな仏像と洗濯物のある普通の人びとの暮らしがあり

犬がいて犬がいてたまに猫がいて
揺れている縞の国旗と黄色い旗が見えた

タニヤ通り

暁の寺のテラスから見た多くの寺院や
エメラルド寺院の黄金の仏塔や
ハッポン通りのナイト・マーケットも
十分悲しみに満ち溢れて見えたが
そんなことはタイにかぎらず
どこの国へ行っても似たようなものだった
そう感じてぼくはここまで旅を重ねた
だからそれもそんな一つにちがいなかった
と一軒の日本食レストランを思い出している

正午をかなり回った汗ばむ冬の午後だった
一人のタイ人女性がタニヤ通りの外れで
写真入りのチラシを手に道行く日本人を探していた
鯖セットと豚の生姜焼きセットは百五十バーツ
天ぷらセットと焼き鳥セットは百八十バーツ
それぞれに刺身と小鉢と味噌汁がついている
ここからすぐですのでご案内します
雑居ビルの六階にエレベーターで連れて行かれる
シンハビールと写真の天ぷらセットを注文する
彼女がビールを注いでくれる

わたしは日本と日本人が大好きで
日本人形はとても綺麗で可愛らしいと
店の座敷の古くさいガラスケースの人形を指さした
桜や富士山、雪の降るのも見てみたい

四十代らしい彼女はタイ語の文字のような平仮名で
店の名刺に「ゆき」と書き
そこにじぶんの携帯電話番号を書き添えた
そして適いそうもない夢を語り続け
ぼくはつぎつぎと消えるビールの泡のような
その夢の話を聞き続けた

刺身と天ぷらはまずまずだったが
日本でこの味なら店は繁盛しないだろう
「ゆき」がぼくにビールを注ぎ足すと
また新しい泡がグラスの中に現れる
そうしてだれかを待っているふうにも見えた
少しばかりのチップを渡して
そのビルから陽の落ちかけた外に出る
熱帯植物の花と実のようなネオンサインが

パンドラとか姫とか美樹とか薬局とか
さらにどぎつい名前の店とかが
赤や黄色で灯り始めている

光塔《マナーラ》の下《した》で

著者
山本博道《やまもとひろみち》
発行者
小田久郎
発行所
株式会社思潮社
〒一六二—〇八四二　東京都新宿区市谷砂土原町三—十五
電話〇三（三二六七）八一五三（営業）・八一四一（編集）
ＦＡＸ〇三（三二六七）八一四二
印刷所
創栄図書印刷株式会社
製本所
小高製本工業株式会社
発行日
二〇一一年七月三十一日